想太多 ②

幸福一點點。

眼球先生◎圖、文

每天入睡前，
可以想三件當天覺得 **幸福的事**，
那 地球生活的 這一天，
就可以 很滿足的 跟它說再見了。

原來 幸福 是不需要追求的，
因為 它 一直都在我們身邊，
只是 我們無心發現她小小的美。

全家人 一起吃著 **晚餐**，是幸福的；
電話那頭朋友的 **問候**，是幸福的；
聽著 計程車裡播放的 **音樂**，是幸福的；
走在路上 忽然一陣 **微風吹過**，也是幸福的。
只要 你記得打開心裡那道 幸福的窗，
你 將會發現 眼前的世界，
就是 一座座 鑲滿幸福的城堡。

我不像我自己，全都不像，包括 表情。

想找回 原來的自己，沒有太多線索，潛意識的猶豫，

認識自己 需要多大的勇氣？

我的世界不就一片小小天地，猜不透什麼是快樂的真理。

我要的幸福是什麼？ 我要的幸福在哪裡？

羨慕別人？ 還是嫌棄自己？

追求快樂？ 還是容忍傷心？

給 自己 多一點時間 體會，
過 適合自己的 人生。

那就開始排隊吧！
每個人都有機會，
在幸福的世界裡，
成為最閃亮的明星。

有人喜歡 一成不變，有人害怕 一成不變，**生命裡 有多少事需要急著改變**，又有多少事就讓它繼續就好，無需再變？剛才， 閃過了一個念頭， 接著， 刪除了電腦裡 曾經 覺得美好的照片，不為什麼， 只為了自己心裡的，改變。

幸福 喜歡躲在陽光裡，溫暖的 照著你，
幸福 喜歡躲在空氣裡，透明的 跟著你，
幸福 喜歡躲在清水裡，暢快的 經過你，
原來 幸福 還有這樣的意義，它一直都存在，還是我們生命的必須，
只是它很謙虛，安靜的不會太用力。

如果每天，我們都把它當作是 在地球生活的最後一天，

相信 你就會**體會**出 很多不一樣的 感覺。

原來 在生活中，

放輕鬆，也是一件 值得學習 的事啊！

窮緊張與放太鬆，
這鬆緊的拿捏之間還真是個學問勒！

其實 我也很**想告訴你**，自己**心裡的祕密**，可是 常常話到了嘴邊，就又縮了回去。你 應該會很想聽吧？可是 我要怎麼說，才不會讓 自己 在未來的日子裡，感到後悔？也或許， 你早就在我不知道的 曾經，發現了這些祕密。你準備要告訴我了嗎？ 還是請你把它收好，成為我不知道的祕密。

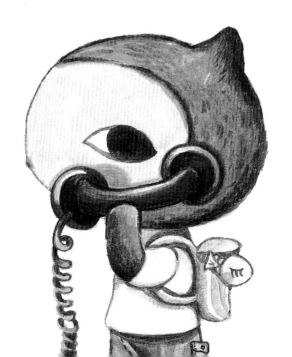

只能說，當秘密說出來了，就不再是秘密了，因為聽到的人，幾乎都會偷偷跟別人說的啦！

小時候，有很多想做的事、很多想
實現的願望；曾幾何時，我 開始害怕
這些 做不好的事，這些 實現不了的願
望。是 我 長大了嗎？ 認清了 理想與
現實的差距； 還是 我 膽子變小了，
害怕失敗，更 **害怕 旁人看待
自己 心虛的眼光。**

如果我跟你說以上皆是，你會想哭嗎？

我們 一天天長大，也一天天變老；

我們 更成熟了，也更不可愛了；

懂得 更多了，也不再天真了；

我們 更好了，也更不好了；

大家 都是這樣嗎？

一直在 追求 想要擁有的，

也 一直在 失去 值得珍惜的。

你該不會想唱「感恩的心」吧？

你 看見幸福的青鳥 在天空盤旋嗎？

還是 你只記得 認真的向前走，不再微笑。

我們 每天羨慕 別人身上的好，

卻 忘了 自己也有很多地方 值得驕傲。

盯著 自己小小的不美好，

卻 忽略了 許多幸福在身邊圍繞。

只要 你心裡時時記得切換頻道，

就算 遇到挫折 也能像是挖到寶。

我是燕子，不是青鳥耶！

我把沉默 當作是最好的 零嘴，拆開包裝，一口一口 地，喀嘶喀嘶地，將 那些 不想說出的 過去， 一 一 嚼 碎 。

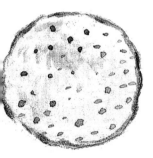

你講的很清楚，我聽得很模糊！
可以再講的白話一點嗎

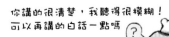

我想 學瑜伽，也想 看電影。

騎單車 好像很有趣！這次能真的 學好日文嗎？

再多給家人一些時間吧！

我要試試看 做手工肥皂 薑味的！

上次聽說的義工還有缺人嗎？

自己號稱最嚮往的印度之旅，仍然 只停留在 嘴上說說。

明天 我要提早出門，
然後 從容地 吃一頓早餐！

我的愛情勒？ 它去哪裡了啊？

減肥需要恆心，還是認識更多比自己胖的朋友會比較開心？

生活中 有好多念頭 不斷的閃過，真的去做的沒幾樣，
剩下的都只能被歸類為所謂的 窮開心！

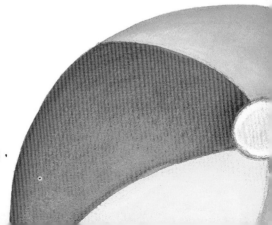

窮開心？
至少你還開心過，
像我連做個夢都很懶，
因為我怕累！

我 又 開始悶悶不樂了，
我 又 開始不想說話了，
那種灰灰的感覺 又 回來了；
我是為什麼變成這樣的，

又 要怎麼做才能讓自己更好呢？

房間 又 開始凌亂了，書桌也變得凌亂了，

不知怎麼的，此時此刻，

心情 也跟著 一起凌亂了。

你現在要做的第一件事，
不是搞憂鬱，是趕快整理你那個很亂的房間！

夢想的城堡有著彩色的街道，幸福的馬車帶著愉快的微笑。
我沉醉在繁花盛開的森林，也揮別現實生活的煩惱；
原來快樂與不快樂都同時存在。

從挫折中學會感謝，從失敗中學會成長，

日子就會過得更愉快，彩色就不會變黑白。

曾幾何時，要找到一個自己喜歡的工作，
已經變成是 一件稀有的事。

你 還在 繼續追尋嗎？
還是 你 根本不知道 自己 到底喜歡什麼？

也許，哪天，我們可以很努力的把不喜歡的工作做好，
那應該會是另一種層次的幸福吧！

真的耶，**個性 決定 命運**，
這句話真的是 簡潔又有力！
我來檢查一下，自己 有多少 好個性，
那就可以把錢省下來，不用去算命。

我的快樂 可不可以不要只是 成功成名？
我的成就感 可不可以跟你們要的都不一樣？
雖然 我知道 這樣很難，
也 常常 想到自己一臉茫然，
或許這過程會很孤單，
雖然早知道自己不夠勇敢，

但 我還是想 給自己多一點機會，
還是希望 活得 多像自己一點。

原來 快樂是 可以分享的，
分出去的，不是少了一半，而是多了兩倍。

幸福 就只要這麼 一 點 點，
像是活在縮小的世界，
不去 放大自己的重要，

一起 **分享生活裡的美妙！**

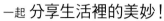

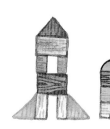

對自己 再好一點，給自己 小一點的目標，
達到了， 就給一點小小的鼓勵，
你會發現， 原來 生活不再只是 等著被比較的 數據。

糖果 甜甜的，
微笑 甜甜的，
假日 甜甜的，
讚美 甜甜的，
我愛 甜甜的，
害怕 苦苦的。
甜是 美好的，
但 不是 唯一的，
酸苦辣 來了，
才是 圓滿的。

失去一個對自己重要的東西是什麼感覺？
失去一個對自己重要的人又是什麼感覺？
我害怕失去之後必須面對的傷心，
也總是在失去之前，

忽略了自己該有的珍惜。

努力工作，還是用力揮霍？

青春怎麼就這樣地悄悄溜走，我害怕
每天都像是昨天那樣重複地過。悄悄
許願，有聽到的神仙請告訴我，美好
的人生要怎麼去追求？能不能一覺醒
來，煩惱就通通溜走！我在思考我的
疑惑，原來，**如果自己不去改
變，十個神仙也救不了我。**

遇到一樣的問題，**失敗的人找藉口，成功的人卻是找方法。**
我想成功，卻總是找藉口；我怕失敗，卻不夠有方法。
原來，我想要的都不是我正在做的，才會直到現在，還在抱怨昨天發生的種種。

沒禮貌！
啊你是有看過魚吃糖的嗎！

早餐真的很難決定耶！漢堡蛋、蘿蔔糕、厚片土司、怪味精力湯、熱的牛奶、減肥香蕉，難消化的糯米飯糰，還是只要一顆水煮蛋？早餐很重要，早餐很難想！今天是要加碼，吃到中午都還覺得飽，還是決定放棄，省錢就好？ 我 每天處理許多 複雜的事情，卻 總是被 一頓便宜的早餐所困擾。

像我，每天都吃一樣的，連想都不用想！

你是比薩斜塔嗎？

這是 勉強的快樂，還是 無意識的開心？ 喝著酒的雲朵，有著短暫美好的記憶； 說一個故事，讓回家的路變得神奇！ 我懷念 過去的日子，當然 也包括傷心。 你說你喜歡下著雨的巴黎，我卻迷失在開滿櫻花的東京。不知道你為何生氣，接著我也面無表情。

原來 **喜歡 是不需要道理**，感覺對了，就會繼續下去。

你說的那種感覺，是我想的那種感覺嗎？
很Ａ耶！我不敢再往下想了啊！

每個人 都有自己想要的感覺， 都有自己 害怕的感覺，

我們都希望 留住 那份美好的感覺，

即使只是 多一分鐘，多十秒， 都好！

一年的 365天，24小時裡的 60分鐘，

我希望可以 **多像自己一點，**
卻 總是 照著別人的方式 過活。

如果 幸福是 一杯溫開水，
那 快樂就像是 充滿氣泡的可樂。
小時候 喜歡 瞬間暢快的可樂，
長大後才知道，
開水其實對身體比較好。

魚說：快放我出去！
你的可樂跟溫開水，
都會讓我凍未條！

我如果沒記錯的話，你是不是有一個朋友叫做「**想太多**」，還有一個朋友叫做「**不滿足**」，還有一個「**很矛盾**」，外加一個「**錢不夠**」，沒想到，平時不愛說話的你，朋友還真多耶！

這是冷笑話嗎？
我有被寒風吹到耶。

淡淡的哀愁 並不是代表著 不快樂，

帶著 一點點憂鬱的氣質 去 感受人生，反而 可以 體會更多！

被偶發現囉，這是標準的文藝青年會做的事！

在這個熱鬧的城市裡，
好像有很多的事情可以做，
很多的 選擇、很多的 朋友、
很多的 情緒、很多的 美夢、
很多的 愛情、很多的 疑惑、
很多的 慾望、很多的 感動、
很多的 機會、很多的 結果、
這個城市可以說的事情很多，
這個城市說不出的寂寞……更多。

我們 總是喜歡待在 自己習慣的框框裡， 不想出去， 也不讓別人進來， 以為 這樣的安全感才是自在，看不到別人，也不了解自己。 從今天起，試著 給陌生人**一個親切的微笑**，給 你不喜歡的世界 **一個溫暖的擁抱**， 你會慢慢發現， 開放的心情，反而可以得到更多更多。

喜歡 原來的自己嗎？

還是每天忙碌著 變成別人的模樣，

我們都不會是 最完美的，

但 絕對是 宇宙唯一的。

我是 一片葉子，也是 一粒塵埃；我是 一
滴露水，也是 一條小船；我是 一隻飛鳥，
也是 一朵飄著的雲。我 變成了很多東西，
也 旅行到世界各地；看到了 許多的美麗，
也增添了 心中的孤寂。 想要與誰相遇，又
會是怎樣的結局？ 我還是我嗎？ 明天又會
擁有什麼表情？ 面對那個熟悉的陌
生人，原來我那麼不懂自己。

你是百變小天后嗎？變那麼多，
讓人很想看素顏的妳耶！

如果說追求成功是去杜拜的帆船酒店，

那 **遇見幸福** 就是到巷口的便利商店。

你會為了 別人的一句話 開心很久嗎？

會為了 別人的一句話 難過很久嗎？

我們每天都在不斷地說話，卻很少去反省曾經說出的話。

多說 自己也會想聽的話，少說 讓別人難過的話。

不過好像也要看是誰說的話，
殺傷力可是差很大的哩！

這個世界 如果沒有 愛，
賺再多的錢，擁有再大的名聲，
也 擠不出 一個發自內心的 微笑。

現實的生活裡，無論你是 成功的
大人物，還是 平凡的小人物，都一
樣必須 面對 不斷來襲的挫折與
考驗。如果 我們學會了 如何去面
對這些打擊，每天 多找到一
點自己心裡微小的快樂，
嘴角就會開始上揚，失去的幸福
感 就會一點點的再彌補回來。

成功 需要花多少力氣，
才能讓所有的人都說 你做對了？

幸福 就 **簡單多了，**
念頭一轉，她就出現了。

最近 都維持在一個固定的狀
態，看不出什麼 好與壞，眼球
人的世界 最怕某一種固定的習
慣；於是 我開始思考，決定 改
變這個尷尬的 不好不壞。原來
我的人生，需要的 不是
無味的平淡，而是 新
的挑戰。

我在想 我的生活方式，

我在想 我的做人哲學，

我在想 我的自癒療程，

我在想 我的環島旅行，

我們每天都在**想像 更美好的明天，**
也同時擔心著那些 不斷落空的預言。

怎麼樣的人生才算是 成功？ 我好像可以說得頭頭是道，又常常理不出頭緒，獨自煩惱。很多人告訴我 成功的定義，也知道 挫折 是成長的必須，**快樂的人生就要等於成功的掌聲嗎？** 說出了這個 問題，也陷入了 這難解的情境。

喜歡，還是不再喜歡？
幸福，還是有點悲哀？
我發現 我不曾發現的，
也看到 我不想預見的；
天空在窗外 繼續湛藍，
而我，卻找不到傷心的所在，繼 續 發 呆。

花花花花 彩色的花花，
花花花花 神秘的花花；
花花 是一朵花的名字，
花花 是一種華麗的想像；
花花 沒有花俏的包裝，
花花 只有年少的煩惱；
花花 看似充滿想像，
花花 最怕愛了不還；
我問 花花想要什麼，
花花花花 覺得奇怪，
我問 花花那是什麼，
花花 笑說傻子活該。

叩叩叩！當 幸福來敲門，你要 記得去開門。
叩叩叩！當 幸福來敲窗，你要 記得打開窗。
叩叩叩！當 幸福來敲桌，你要 記得開抽屜。
幸福來找你的時候，聲音會有大有小，

只要 你 記得用心去聽，
你就不會錯過每次它敲你的時候！

你這樣說我會粉緊張耶，
我睡覺的時候，
連消防車來了，
我都聽不到耶！

我，一個人，
在熱鬧的 城市裡，
在偉大的 世界之中，

感覺有點 孤單，
常常覺得 害怕。
會走到我想要的 未來 嗎？
能擁有別人羨慕的 好運 嗎？
總是重複著一樣的問題，
一百遍、一千遍、一萬遍，
還會這樣 繼續矛盾 下去嗎？
呵，又多問了一個 自己不喜歡的問題。

小時候，不知道 長大後 自己會變怎樣；
年輕時，不知道 中年後 的自己會變怎樣；
中年時，不知道 老年後 的自己會變怎樣；
老年時，不知道 離開了這個世界 的自己會怎樣。
我們都在 期待理想中 的未來，害怕 現實裡 的現在，

未來 常常就在不知不覺中到來，
我們 也在期待之中 忽略現在。

時候到了就會真相大白囉！

哈囉，幸福，我們來了！

我知道 努力是必須的，
可是 努力工作就是不要休息嗎？
當我害怕 休息 會變成偷懶的原因，
就 假裝自己是 不會累的！
我變成 一台附有微笑功能的機器，
持續運轉，只為了永保開心。
但身體是誠實的，
他沒有加入這場賣命的生存遊戲，
所以 終究 我還是累了，
也在密密麻麻的行程裡安排了掛號看病，
飯後的甜點改成彩色的膠囊三粒，
聊天的話題變成了身體的毛病。
這是 努力換來的代價嗎？

還是 我其實 **誤解了成功背後的意義**。

不要擔心 幸福 會不夠用，
因為 它 只要一點點，
就會 很 有 效 果。

電腦 是我最好的朋友嗎？

我的時間 花在這裡，我的友誼 放在這裡，

我的答案 存在這裡，我的快樂 也在這裡，

我的祕密 藏在這裡，我的 很多很多 都在這裡。

那天，我的青春說：它不願意待在這裡，它嚮往的世界，不過就是一片真實的草地。

電腦回它說：好樣的，不喜歡電腦還敢耍叛逆！

路人見狀說：對耶，青春如果離開了電腦，那這個世界會變成怎樣的表情？

糟糕！我跟電腦親密的程度，
目前是遙遙領先其它真人耶，這樣不好吧？

是真的太忙了？
還是幫懶惰找藉口？

很久沒游泳的一隻青蛙，

開始懷念起曾經在水中的感覺。

電腦的桌面擺上衝浪的照片，

印著花朵的海灘褲配一雙夾腳拖鞋。

悶熱的房間沒有大大的棕櫚葉，

擔心快要習慣不在水中的那種感覺。

氣象報告說今天有可能會下雨，

還可能是突然的瞬間。

不要！不要！我說的懷念不是這樣的雨水！

我不要穿著衣服又被雨淋溼的那種感覺。

你對你的工作有興趣嗎？ 還是對工作以外的事情充滿熱情？

工作中總是面無表情，才第一天上班就期待著出國旅行。

也許我們都應該 **重新認識自己**，是為了什麼工作？ 又因為什麼失去熱情？

甲：醫生，我說不出哪裡不舒服⋯⋯

乙：我看看。

甲：我怎麼了？

乙：這年頭，很多人都跟你一樣，

想的太多，結果得內傷，
要的太多，結果去撞牆！

甲：那我怎麼辦？這樣很糟糕嗎？

乙：其實也還好，偷偷告訴你，

我也是得了內傷又撞牆。

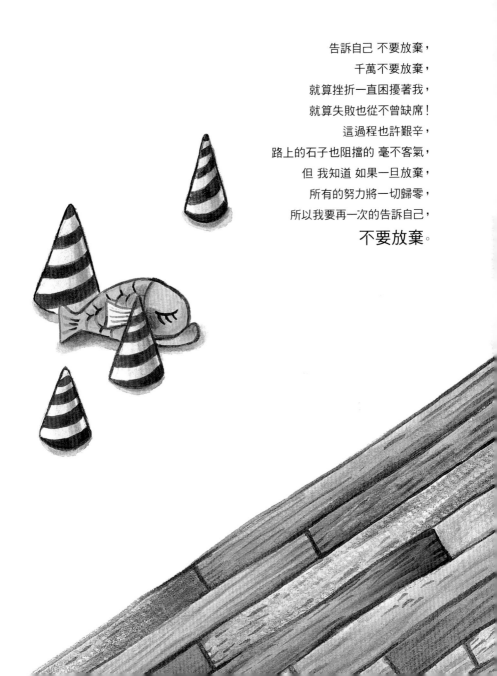

告訴自己 不要放棄，
千萬不要放棄，
就算挫折一直困擾著我，
就算失敗也從不曾缺席！
這過程也許艱辛，
路上的石子也阻擋的 毫不客氣，
但 我知道 如果一旦放棄，
所有的努力將一切歸零，
所以我要再一次的告訴自己，

不要放棄。

Happiness in dribs & drabs.

還是一樣，一杯水，一台電腦，聽著音樂，開著電視，若有所思的，既發呆也在想事情；在這個星球上，過了幾天，又是第幾次自問自答？在自己的房間裡，矛盾的個性像影子揮之不去，人生的路我能有多少的選擇？做正確的決定？

可以不再煩惱了嗎？ 可以先看到未來嗎？ 可以不再拖延想做的事情嗎？ 這樣的時間，這樣的地點，又是這樣的我，幻想著成功帶來的快樂，忍受著 還不成功的悲哀。

要讓所有不看好自己的人跌破眼鏡，

靠的是**比別人更多的 努力，**

我期待 這天的來臨，

我想看看他們的表情。

我思考，於是找到了答案；我尋找，於是找到了出口。 命運，不過就這麼一回事，結果美不美麗似乎都無法被預期。 一個綺麗的下午，灑下一片金黃的光，一種自以為養生的茶，需要多少奇怪的名堂。我思，故我在！ 買不完的CD，聽不完的音樂，走不完的道路，煩惱不斷的人生，還需要思考嗎？ 還需要反省嗎？ 還需要繼續下去嗎？ 黃色的計程車裡有我不熟悉的司機，但在放了一首通俗的流行歌曲之後，我們就無所不談了。你貴姓？ 你來自何方？ 喜歡怎樣的飲食？ 愛上什麼樣的女子？ 聖誕節的霓虹越來越少了，因為都舊了，還是因為不流行了？ 我要大吵一架嗎？藉此抒發心中的怨氣，可是我是個沒脾氣的傢伙，不容易吵贏，更何況晚上我已經約了同事要看電影，現在急著出門，人生嘛。 人生吧！這就是我的人生啦！ 這為什麼會是我的人生啊？ 時間一分一秒的過去了，夜晚就要來臨了，我又虛度一天了，又要再一次的跟自己說再見了。 你好嗎？我好嗎？不認識的人也好嗎？ 也許，這城市就應該這樣，這城市中的我也就只能這樣。

這篇標題叫做碎碎念吧！

下班了以後 就不要 再想工作了；
放假的時候 就不要 再想工作了；
休息的時候 就不要 再想工作了；
不斷的 在心中告訴自己，

不工作的時候，
就不要 再想工作了啊！

這樣對 心情 不好，這樣對工作更是不好。

可是我連出國度假都不由自主的會想到工作耶，
怎麼辦？我中邪了嗎？

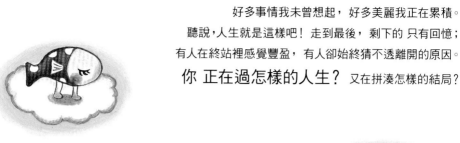

我是正在發生的結局， 也是明天以後的意義；
好多事情我未曾想起，好多美麗我正在累積。
聽說，人生就是這樣吧！ 走到最後， 剩下的 只有回憶；
有人在終站裡感覺豐盈，有人卻始終猜不透離開的原因。

你 正在過怎樣的人生？ 又在拼湊怎樣的結局？

常常覺得 自己怎麼還是像個孩子,在這個需要很多挑戰的世界裡,不夠爭氣。 害怕 是一定會有的,也會很需要朋友的支持與鼓勵,一個人的時候會很孤單,在朋友面前 才敢滔滔不絕的用力說話。別人的世界也是這樣嗎? 還是他們早就長大了,找到了應對的方法。 **是我不夠瞭解這個世界嗎?** 才會在這不屬於自己的世界裡,傻傻地等待著被計算好的結局。

過去的都過去了，勇敢地說再見吧！

只要還有明天，我都要微笑地去面對，不管是風、是雨，是晴天，

那都是屬於我自己的一天，也是永遠無法重來的世界。

有了 **好心情**，就算是住舊舊的房子，
開小小的車子，你也會 感 到 開 心。

如果 只是靜靜的等，
幸福 永遠都只是一朵飄在窗外的雲。

不要害怕 許下的願望過於龐大，
我們 會在尋夢的過程之中，**學 會 成 長**。

人因夢想而偉大，
是這個意思嗎？

做為一隻驕傲的怪獸，必須有著自己獨特的想法，跟勇於接受挑戰的能量。在這個充滿競爭的世界裡，在這個充滿壓力的城市之中，別人怎麼說，我不急於知道，**我 只想努力讓自己變得更好。** 　哈哈哈哈哈哈哈哈哈哈哈哈，十二聲大笑；哈哈哈哈哈哈哈哈哈哈哈哈，十二次用力的驕傲！

別躲在屋子裡啦！
快跟幸福一起拍張照吧！

ARE YOU HAPPY

我能感覺得出 你的不快樂，可以幫你什麼嗎？

還是 靜靜的，什麼都不說，**陪著你， 就好**。

原來 **快樂是 無法衡量的，**
看起來富有的，
往往不見得是最快樂的。
不要只羨慕看起來美好的，
要珍惜現在擁有的。

當你越來越了解 幸福的意義，你 將會發現，
原來 生活中許多不經意的小動作，

都可以化作 生命裡美麗的風景。

乾杯！祝我們地球生活快樂！

COLORFUL 023

想太多2：幸福一點點

作　　者／眼球先生
企畫選書／何宜珍
責任編輯／何宜珍
美術編輯／吳美惠

版　　權／黃淑敏、翁靜如
行銷業務／林彥伶、林詩富
副總編輯／何宜珍
總 經 理／彭之琬
發 行 人／何飛鵬
法律顧問／台英國際商務法律事務所　羅明通律師
出　　版／商周出版
　　　　　臺北市中山區民生東路二段141號9樓
　　　　　電話：(02) 2500-7008
　　　　　傳真：(02) 2500-7759
　　　　　E-mail：bwp.service@cite.com.tw
發　　行／英屬蓋曼群島商家庭傳媒股份有限公司城邦分公司
　　　　　臺北市中山區民生東路二段141號2樓
　　　　　讀者服務專線：0800-020-299
　　　　　24小時傳真服務：(02)2517-0999
　　　　　讀者服務信箱E-mail：cs@cite.com.tw
劃撥帳號／19833503
　　　　　戶名：英屬蓋曼群島商家庭傳媒股份有限公司城邦分公司
訂購服務／書虫股份有限公司客服專線：(02)2500-7718；2500-7719
　　　　　服務時間：週一至週五上午09:30-12:00；下午13:30-17:00
　　　　　24小時傳真專線：(02)2500-1990；2500-1991
劃撥帳號：19863813　　戶名：書虫股份有限公司
　　　　　E-mail：service@readingclub.com.tw
香港發行所／城邦(香港)出版集團有限公司
　　　　　香港灣仔駱克道193號東超商業中心1樓
　　　　　電話：(852) 2508 6231傳真：(852) 2578 9337
馬新發行所／城邦(馬新)出版集團
　　　　　Cit (M) Sdn. Bhd. (458372U)
　　　　　11, Jalan 30D/146, Desa Tasik, Sungai Besi,
　　　　　57000 Kuala Lumpur, Malaysia.
　　　　　電話：603-90563833　傳真：603-90562833

封面設計／吳美惠
印　　刷／卡樂彩色製版印刷有限公司
總 經 銷／聯合發行股份有限公司
　　　　　電話：(02)2917-8022
　　　　　傳真：(02)2915-6275

行政院新聞局北市業字第913號
■2009年（民98）9月22日初版
■2013年（民102）8月12日初版11刷
定價260元
著作權所有，翻印必究
ISBN 978-986-6369-36-0
Printed in Taiwan

國家圖書館出版品預行編目資料

想太多2：幸福一點點／眼球先生 著.--初版--
- 臺北市：商周出版：家庭傳媒城邦分公司發行，
　　　　2009.09
　　面；公分.　--（Colorful；23）

ISBN 978-986-6369-36-0（平裝）

855　　　　　　　　98014287

城邦讀書花園
www.cite.com.tw